鈴の音童話

泣《な》いたゼロ戦《せん》

ぶな葉一《よういち》 作《さく》　関口《せきぐち》コオ 絵《え》

はじめに

いまからおよそ七十年前《ななじゅうねんまえ》の一九四一年《ねん》、第二次世界大戦《だいにじせかいたいせん》がはじまりました。日本《にほん》は一九三七年《ねん》に中国《ちゅうごく》（日中戦争《にっちゅうせんそう》）と、ついで一九四一年《ねん》にアメリカ合衆国《がっしゅうこく》（太平洋戦争《たいへいようせんそう》）と戦争《せんそう》をはじめました。そのとうじ、日本海軍《にほんかいぐん》の主力《しゅりょく》 戦闘機《せんとうき》としてつくられたのがゼロ戦《せん》です。正式《せいしき》な名称《めいしょう》を零式艦上《ぜろしきかんじょう》 戦闘機《せんとうき》といいます。

ゼロ戦《せん》は世界最高水準《せかいさいこうすいじゅん》の戦闘機《せんとうき》といわれ、およそ一万《いちまん》五百機《ごひゃっき》が製造《せいぞう》されましたが、日本《にほん》が敗戦《はいせん》をむかえるころには、おおくのゼロ戦《せん》が撃《う》ち落《お》とされ、また特攻機《とっこうき》として爆弾《ばくだん》をつんで敵《てき》の軍艦《ぐんかん》に体当《たいあ》たりさせられ、海《うみ》の藻屑《もくず》と消《き》えていきました。

この物語《ものがたり》に登場《とうじょう》するゼロ戦《せん》の〝ぼく〟は南西太平洋《なんせいたいへいよう》にあるニューブリテン島《とう》のラバウルを基地《きち》として戦《たたか》っていました。いまでも〝ぼく〟のたくさんのなかまは、密林《みつりん》の奥深《おくふか》くに、青《あお》い海《うみ》の底《そこ》に、跡形《あとかた》もないほど朽《く》ち果《は》ててねむっています。ちょうど、みなさんのお兄《にい》さんのような若《わか》いパイロットの生命《いのち》といっしょに。

もくじ

1　あかね色《いろ》の空《そら》

東京《とうきょう》の九段坂《くだんざか》っていうところに※靖国神社《やすくにじんじゃ》があるんだ。

靖国神社《やすくにじんじゃ》って知《し》っているかい？　神社《じんじゃ》に足《あし》をふみいれてごらん。大《おお》きくてすごく高《たか》い※大《おお》鳥居《とりい》があるんだ。鉄板《てっぱん》でまるくおおわれていて恐竜《きょうりゅう》の足《あし》のようだ。これからさき、千二百年《せんにひゃくねん》は立《た》っていることができるんだって。その鳥居《とりい》をぐーんと見上《みあ》げてから、まっすぐ歩《ある》いてきてごらん。その奥《おく》に大《おお》きなガラスばりの建物《たてもの》がある。そこが※遊就館《ゆうしゅうかん》。その玄関《げんかん》ホールにぼくはいるんだ。

ガラス戸《ど》が開《ひら》くと、みんなのような子《こ》どもたちが、まっさきにぼくのところへ来《く》るんだ。

「うわーっ、ゼロ戦《せん》だあっ！」

※靖国神社《やすくにじんじゃ》…明治維新以後《めいじいしんいご》、国《くに》の戦死者《せんししゃ》を祭《まつ》る神社《じんじゃ》とされている。

※鳥居《とりい》…神社《じんじゃ》の参道入口《さんどういりぐち》に立《た》てて神域《しんいき》を示《しめ》す門《もん》。

※遊就館《ゆうしゅうかん》…靖国神社内《やすくにじんじゃない》で、戦争《せんそう》に関《かん》する遺品《いひん》などを展示《てんじ》してあるところ。

「かっこいいー!」

見上《みあ》げる子《こ》どもたちに、

「どうだい!」

ぼくは翼《つばさ》に力《ちから》をこめて胸《むね》をはるんだ。そう

さ、ぼくは遊就館《ゆうしゅうかん》の人気者《にんきもの》なんだ。

でも、ぼくの心《こころ》をうちあけよう。

(いったいぼくはなにものか?

なぜここにいるのか?)

ぼくを見上《みあ》げている子《こ》どもたちが、

「ゼロ戦《せん》だ！　ゼロ戦《せん》だ！」

とさけぶから、ぼくのなまえはゼロ戦《せん》らしいって思《おも》ったけれど。

　ある日《ひ》。

　夏《なつ》の空《そら》がみるみる暗《くら》くなり、大《おお》きなガラス戸《ど》が青白《あおじろ》い光《ひかり》をあびて点滅《てんめつ》し、※轟音《ごうおん》がひびいたんだ。ガラス戸《ど》がびりびりふるえ、黒《くろ》い雲《くも》の一点《いってん》から矢《や》のような※閃光《せんこう》がはしり、ガラス戸《ど》をつきぬけ、ぼくを射《さ》した。

※轟音《ごうおん》…大《おお》きくひびきわたる音《おと》。
※閃光《せんこう》…瞬間的《しゅんかんてき》に発《はっ》するきらめく光《ひかり》。

「バッシャーン」

遊就館《ゆうしゅうかん》がふるえ、まっくらになった。大《おお》つぶの雨《あめ》がガラス戸《ど》をたたき、ぼくは息《いき》をこらしてようすをうかがった。

（ああ、ずっとむかしこんなことがあった…）

ぼくは遠《とお》い記《き》憶《おく》をさぐる。むこうにある、もやっとした影《かげ》のようなものをいっしょうけんめいたぐりよせる。

あかりがさして、青《あお》い空《そら》がもどった。やがて、赤《あか》い夕日《ゆうひ》がガラス戸《ど》を一面《いちめん》に染《そ》めた。

（ああっ、思《おも》い出《だ》した！　ぼくはこの赤《あか》い空《そら》のなかを舞《ま》っていた。青《あお》い空《そら》、白《しろ》い雲《くも》、赤《あか》い夕日《ゆうひ》、光《ひかり》をあびてぼくは舞《ま》った。思《おも》い出《だ》してきたぞ。ぼくはぐうんと※上昇《じょうしょう》、ぐうんと急《きゅう》※降下《こうか》。ぐるぐるーんと※宙返《ちゅうがえ》り…）

※上昇《じょうしょう》…のぼること。
※降下《こうか》…高《たか》いところからおりること。
※宙返《ちゅうがえ》り…空中《くうちゅう》で回転《かいてん》すること。

2　少尉《しょうい》の笑顔《えがお》

夜《よる》になって遊就館《ゆうしゅうかん》のあかりがおちても、ぼくは目《め》が冴《さ》えてねむれないでいた。そのとき、どこからか糸《いと》をひくような、だれかを呼《よ》ぶような声《こえ》が聞《き》こえてきた。

じっと耳《みみ》をすます。

「かあさーん、かあさーん」

じっと、じっと耳《みみ》をすます。

ああっ、その声《こえ》はぼくのからだのなかからだった。

「おふくろー…おふくろー…」

「ほうら、千春《ちはる》、お母《かあ》さんの手伝《てつだ》いをしてるか」

ぼくは身《み》をふるわせた。

（ああ、日比《ひび》※少尉《しょうい》、なつかしい日比《ひび》少尉《しょうい》の声《こえ》）

※少尉《しょうい》…将校《しょうこう》といわれる軍隊《ぐんたい》の階級《かいきゅう》。

思《おも》わずぼくはひとつの姿勢《しせい》をとりました。もういままでのぼくではありません。からだを※つつしんで、心《こころ》のなかで言葉《ことば》も正《ただ》しくして、少尉《しょうい》が乗《の》りこんでくるのをまったのです。ぴりっときんちょうがはしります。たしかに号令《ごうれい》が聞《き》こえました。ぼくの翼《つばさ》に、ここちのよい少尉《しょうい》の重《おも》みがかかるのをまちます。でも、まってもまっても日比少尉《ひびしょうい》は乗《の》りこんできません。

プロペラの前《まえ》に、ふっと少尉《しょうい》の顔《かお》が浮《う》かびました。はじめて会《あ》ったときの笑顔《えがお》。※飛行《ひこう》帽《ぼう》と白《しろ》いマフラーが初々《ういうい》しくにあっていました。高《たか》くはないが形《かたち》のよいまるい鼻《はな》。すこしぽってりして、でもしまった唇《くちびる》。ぐっと見《み》開《ひら》いたときの大《おお》きくて、こぼれ落《お》ちそうな黒《くろ》い瞳《ひとみ》。

だんだん思《おも》い出《だ》してきました。

少尉《しょうい》はぼくに乗《の》りこむと、まぶしそうに機《き》内《ない》を見《み》まわしてから、※操縦桿《そうじゅうかん》をにぎり、※計《けい》

※つつしんで…うやうやしくかしこまる。

※飛行帽《ひこうぼう》…戦闘機《せんとうき》に乗《の》るときにかぶる帽子《ぼうし》。

※操縦桿《そうじゅうかん》…飛行機《ひこうき》を運転《うんてん》するときに動《うご》かす棒《ぼう》。

※計器盤《けいきばん》…高度《こうど》・速度《そくど》・方向《ほうこう》などを示《しめ》す計器《けいき》のあるところ。

器盤《きばん》をなで、腕《うで》をのばして、にぎりこぶしを
コツコツ※風防《ふうぼう》にあてました。
そうです。少尉《しょうい》が二十歳《はたち》のときでした。

※風防《ふうぼう》…風《かぜ》を防《ふせ》ぐ戦闘機《せんとうき》の窓《まど》。

3 空中戦《くうちゅうせん》

それから一年、※ラバウルの基地《きち》では、出撃《しゅつげき》につぐ出撃《しゅつげき》がつづきました。少尉《しょうい》は飛行服《ひこうふく》もからだになじんで、ぼくにむかって歩《ある》いてくる姿《すがた》もおとなびて見《み》えました。

「おい、あいぼうくん、今日《きょう》のちょうしはど

※ラバウル…南西太平洋《なんせいたいへいよう》のニューブリテン島《とう》にあり、太平洋《たいへいよう》戦争中《せんそうちゅう》、日本海軍航空隊《にほんかいぐんこうくうたい》の基地《きち》があった。

うだい。うーんよし、いいエンジン音《おん》だ」
少尉《しょうい》は、ぼくに乗《の》りこみ、操縦桿《そうじゅうかん》をにぎると、いつものはりのある低《ひく》い声《こえ》で話《はな》しかけました。

「あいぼうくん、ぼくはきみを気《き》にいっているんだ。急上昇《きゅうじょうしょう》のときに、きみの癖《くせ》がでるけれど、やっぱりきみはすばらしい。今日《きょう》もよろしくたのむ」

飛行場《ひこうじょう》に※Z旗《ゼットき》があがりました。今朝《けさ》も

※Z旗《ゼットき》…船舶信号《せんぱくしんごう》の旗《はた》で、わが国《くに》では、「出撃《しゅつげき》し奮闘《ふんとう》せよ」の意味《いみ》ももつようになった。
※編隊《へんたい》…二機以上《にきいじょう》の飛行機《ひこうき》が組《くみ》になって飛行《ひこう》すること。
※グラマン…ゼロ戦《せん》と戦《たたか》ったアメリカの戦闘機《せんとうき》。

出撃《しゅつげき》です。

高度《こうど》二千《にせん》メートル。眼下《がんか》の海《うみ》は青《あお》く、透明《とうめい》でした。白《しろ》い雲《くも》が海《うみ》に映《うつ》ると、空《そら》と海《うみ》はひとつになって、ぼくは海《うみ》に吸《す》いこまれそうになります。五機《ごき》の※編隊《へんたい》を組《く》んで大《おお》きな雲《くも》をつきぬけたとき、少尉《しょうい》がさけびました。

「おおっ、敵《てき》さんがおでましだ!」

遠《とお》く青《あお》い空《そら》に黒《くろ》い点《てん》が見《み》えます。黒《くろ》い点《てん》はみるみる大《おお》きくなって…少尉《しょうい》はあの飛行機《ひこうき》のことを※グラマンといっていました。

「今日《きょう》の敵《てき》は八機《はっき》！」

少尉《しょうい》は風防《ふうぼう》から、みかたの※友軍機《ゆうぐんき》に合図《あいず》し、高度《こうど》を上《あ》げました。高度《こうど》五千《ごせん》。高度《こうど》六千《ろくせん》。そして、斜《なな》め急降下《きゅうこうか》。編隊《へんたい》はばらばらになり、空中戦《くうちゅうせん》になりました。二機《にき》がぼくをはさみ撃《う》ちにします。弾丸《だんがん》がいくすじも、白《しろ》い糸《いと》をひいて流《なが》れてきます。ぼくはひねり上《あ》がるように※旋回《せんかい》し、追撃《ついげき》をかわしました。これはゼロ戦《せん》のとくいわざです。すぐに敵機《てっき》のうしろにつきました。距離《きょり》二百《にひゃく》メートル。

※友軍機《ゆうぐんき》…なかまの戦闘機《せんとうき》。
※旋回《せんかい》…円《えん》を描《えが》くようにまわること。

「ダダダダダーッ、ダダダダダーッ」

両翼《りょうよく》から二十《にじゅう》ミリ※機銃《きじゅう》を発射《はっしゃ》。まっかな火《ひ》の玉《たま》がグラマンに命中《めいちゅう》。白《しろ》い煙《けむり》が上《あ》がって、一機《いっき》は急降下《きゅうこうか》。残《のこ》る一機《いっき》を追《お》います。グラマンは右《みぎ》に旋回《せんかい》、左《ひだり》に旋回《せんかい》して必死《ひっし》に逃《に》げます。日比《ひび》少尉《しょうい》はぴたっとうしろについてはなれません。スピードも※航続距離《こうぞくきょり》もだんぜんぼくが上《うえ》です。

「ダダダダダーッ、ダダダダダーッ」

ぼくのからだから、ふたたび二十《にじゅう》ミリ機銃《きじゅう》

※機銃《きじゅう》…連続《れんぞく》して弾丸《だんがん》がでる機《き》関銃《かんじゅう》のこと。
※航続距離《こうぞくきょり》…一回《いっかい》の燃料《ねんりょう》で飛行《ひこう》をつづけることができる距離《きょり》。

※錐《きり》もみ…らせん状《じょう》に回転《かいてん》すること。

が発射《はっしゃ》。グラマンの腹《はら》から火花《ひばな》が出《で》て、黒《くろ》い煙《けむり》があがりました。燃料《ねんりょう》タンクに命中《めいちゅう》です。エンジンが止《と》まって、グラマンは身震《みぶる》いし、ゆっくり※錐《きり》もみをはじめました。腹《はら》から黒《くろ》い煙《けむり》をはきだし、エンジンは低《ひく》い唸《うな》りをあげ、空気《くうき》をひき裂《さ》くように落《お》ちていきます。こんなに近《ちか》く、ぼくをかすめて落《お》ちていくパイロットを見《み》るのははじめてでした。パイロットはいっしゅん、青《あお》い瞳《ひとみ》をぼくに向《む》け、幼《おさな》い子《こ》どもが泣《な》きべそをかいたような顔《かお》をしました。

息《いき》をあらげ、興奮《こうふん》していた少尉《しょうい》が沈《しず》んだちようしで、

「…若《わか》いなあ」

少尉《しょうい》は風防《ふうぼう》から、落《お》ちていく若者《わかもの》を目《め》で追《お》いました。はるか、紺碧《こんぺき》の海《うみ》に水柱《みずばしら》が上《あ》がりました。

「なぜだ?」

少尉《しょうい》はうなるようにいいました。

「話《はな》したこともない、憎《にく》んだこともない者同《ものどう》

士《し》が、なぜ殺《ころ》しあわなければならない。…お父《とう》さんもお母《かあ》さんもいるだろう。兄弟《きょうだい》もいて、恋人《こいびと》だって…」

上空《じょうくう》から、もぎれた翼《つばさ》がぐるんぐるんまわって落《お》ちてきました。少尉《しょうい》は右旋回《みぎせんかい》し、危《あや》うくかわしました。※火《ひ》だるまの胴体《どうたい》が弧《こ》を描《えが》いて落《お》ちていきます。日《ひ》の丸《まる》が見《み》えました。

「小野田《おのだ》、小野田《おのだ》！　やられたかあー！」

少尉《しょうい》は急上昇《きゅうじょうしょう》し、目前《もくぜん》の敵機《てっき》にむかいました。

※火《ひ》だるま…からだ全体《ぜんたい》が燃《も》えあがること。

「くそう！　かたきをとってやるぞ。そうだ、戦争《せんそう》だ。これが戦争《せんそう》なんだ！」

4　白《しろ》いリボン

　さらに一年がたちました。敗戦《はいせん》の色《いろ》がこくなって、ラバウルの基地《きち》にずらりとならんでいたゼロ戦《せん》は、傷《きず》つき、撃《う》ち落《お》とされ、ずいぶんすくなくなりました。

　少尉《しょうい》の笑顔《えがお》は消《き》え、口数《くちかず》もすくなくなりま

した。つやつやしていた頬《ほお》はこけ、ときに射《い》るような眼光《がんこう》をぼくにむけます。

ある日《ひ》、ぼくは※単機《たんき》で※偵察《ていさつ》のために飛《と》び立《た》ちました。小《ちい》さな島《しま》をいくつも越《こ》え、大《おお》きな島《しま》の上《うえ》にきたときです。

「ああ、田《た》んぼが見《み》える」

少尉《しょうい》は身《み》をのりだして、風防《ふうぼう》から田《た》んぼを見《み》おろしていました。

「今年《ことし》の田植《たう》えはどうしたかなあ。飼《か》っていた馬《うま》も手《て》ばなして…」

※単機《たんき》…ただ一機《いっき》の飛行機《ひこうき》。
※偵察《ていさつ》…敵《てき》のようすを探《さぐ》ること。

ぽつんといいました。

「とうさんもかあさんも、もう年齢《とし》だ。田《た》んぼ仕事《しごと》はきついからなあ」

操縦桿《そうじゅうかん》をぽんとたたいて、こんどはぼくに話《はな》しかけました。

「自分《じぶん》には年《とし》のはなれた妹《いもうと》がいるんだ。千春《ちはる》というんだよ。まだ小学校《しょうがっこう》の一年生《いちねんせい》なんだ」

そして、ふっふっとふくみ笑《わら》いをしました。

「千春《ちはる》はよく食《た》べたなあ。自分《じぶん》が兵隊《へいたい》にでる前《まえ》の日《ひ》に、となりのおばちゃんがとくべつに小豆《あずき》のはいった※おやきをつくってくれてね。ひさしぶりにあまいものだ。千春《ちはる》は両手《りょうて》におやきを持《も》って、口《くち》にほうばっていたな」

少尉《しょうい》はごくんとのどをならしました。

「自分《じぶん》の飛行服《ひこうふく》の白《しろ》いマフラーをまねて、千《ち》春《はる》は白《しろ》い大《おお》きなリボンを髪《かみ》に結《むす》んでいるんだ。……千春《ちはる》は最後《さいご》の見送《おく》りにでて……」

少尉《しょうい》はふっと口《くち》をつぐみ、目《め》を細《ほそ》めました。

「千春《ちはる》はな、ひとこといいかけて、そのたびに涙《なみだ》をためて…口《くち》をきくことができなくてな

※おやき…田舎《いなか》の焼《や》きまんじゅう。

あ」

下《した》の方《ほう》に雨雲《あまぐも》が見《み》えてきました。

「ようし、あの雲《くも》につっこむぞ」

高度《こうど》三千《さんぜん》、高度《こうど》二千五百《にせんごひゃく》、高度《こうど》二千《にせん》、ようし突入《とつにゅう》だ。ぼくは雨雲《あまぐも》につっこむのはいやでした。視界《しかい》がさえぎられ、前方《ぜんぽう》を見《み》ることができないのです。なにより大《おお》きな雲《くも》の中《なか》にいるうちに、自分《じぶん》がどのように飛《と》んでいるかわからなくなるのです。逆《さか》さまになって雲《くも》から飛《と》びだし、海《うみ》につっこみそうになったこともあります。でも少尉《しょうい》はうきうきしています。

「雨《あめ》が降《ふ》ると、ほっとするんだ。日照《ひで》りのつらさをあじわった百姓《ひゃくしょう》はみんなそうさ。おやじとおふくろがよろこんでいる姿《すがた》がうかぶんだ」

5　光《ひかり》を見上《みあ》げて

少尉《しょうい》は、さらに高度《こうど》を落《お》としていきます。海《うみ》にでるつもりのようです。ようやく雲《くも》からぬけました。目《め》の前《まえ》に海《うみ》が広《ひろ》がっています。高度五百《こうどごひゃく》をたもって東《ひがし》の方《ほう》に向《む》かったときです。

※新鋭機《しんえいき》…新《あたら》しくて、すぐれた力《ちから》をもつ戦闘機《せんとうき》。

「敵機発見《てっきはっけん》！」

少尉《しょうい》がさけびました。ゴマ粒《つぶ》ほどの影《かげ》が、陽《ひ》の光《ひかり》をあびてきらきらと、つぎからつぎへと湧《わ》きあがってきました。少尉《しょうい》は風防《ふうぼう》から目《め》をこらし、

「※新鋭機《しんえいき》、グラマンＦ６Ｆ数百機《すうひゃっき》」

懸命《けんめい》に基地《きち》に報告《ほうこく》しますが、通信機《つうしんき》は雑音《ざつおん》がはげしくて役《やく》にたちません。少尉《しょうい》は急旋回《きゅうせんかい》し、ラバウルの基地《きち》へ急《いそ》ぎます。全速力《ぜんそくりょく》で飛《と》んでいるのに、グラマンはみるみる大《おお》きくな

ってきます。少尉《しょうい》は、先《さき》ほどの雨雲《あまぐも》のなかへつっこみました。

高度千《こうどせん》、高度千五百《こうどせんごひゃく》、高度二千《こうどにせん》。雨雲《あまぐも》を抜《ぬ》けると、編隊《へんたい》を組《く》んだグラマン五機《ごき》がもう上空《じょうくう》でまっていました。グラマンは※機首《きしゅ》を下《さ》げ、急降下《きゅうこうか》しながら、

「ダダダダダー、ダダダダダー」

と撃《う》ってきました。

少尉《しょうい》はわかっていました。いまではエンジ

※機首《きしゅ》…航空機《こうくうき》の頭部《とうぶ》。

ンの馬力《ばりき》はもちろん、スピードもかなわなくなっているのです。少尉《しょうい》はいまはただ一《ひと》つ、ゼロ戦《せん》がとくいとする、ひねり上《あ》がるような小回《こまわ》りを繰《く》りかえして、グラマンの追撃《ついげき》をかわします。

※歴戦《れきせん》のパイロット日比《ひび》少尉《しょうい》は、ようやくグラマンのうしろにつくと、※照準器《しょうじゅんき》いっぱいに映《うつ》るグラマンめがけて七・七ミリ銃《じゅう》を発射《はっしゃ》。弾丸《だんがん》はグラマンの風防《ふうぼう》に命中《めいちゅう》。風防《ふうぼう》をつきぬけたはずなのに、パイロットはびくと

※歴戦《れきせん》…何回《なんかい》も戦場《せんじょう》で戦《たたか》った経《けい》験《けん》があること。

※照準器《しょうじゅんき》…銃砲《じゅうほう》などのねらいを合《あ》わせるための装置《そうち》。

もしません。

うしろ下方《かほう》百《ひゃく》メートル、少尉《しょうい》は必死《ひっし》で二十《にじゅう》ミリ銃《じゅう》にきりかえ、弾丸《だんがん》をグラマンの燃料《ねんりょう》タンクにうちこみました。ぱっと煙《けむり》があがり、敵機《てっき》は傾《かたむ》きましたが火《ひ》をふきません。そこもしっかりと守《まも》られています。

「バリバリバリバリバリ…」

うしろから機銃《きじゅう》の音《おと》がしました。

「ううっ！」

日比《ひび》少尉《しょうい》の呻《うめ》き声《ごえ》がしました。

ぼくは少尉《しょうい》を守《まも》ることができません。ぼくにはパイロットの生命《せいめい》を守《まも》る防御鋼板《ぼうぎょこうはん》がないのです。敵《てき》を撃《う》つことだけを考《かんが》えてぼくは軽《かる》くしてあるのです。座席《ざせき》のうしろに防御鋼板《ぼうぎょこうはん》さえあれば。敵《てき》のグラマンにはあるのに。

弾丸《だんがん》が風防《ふうぼう》をつきぬけ、少尉《しょうい》は操縦桿《そうじゅうかん》をにぎったまま つっぷしました。計器盤《けいきばん》に血《ち》しぶきが飛《と》び、少尉《しょうい》の白《しろ》いマフラーがみるみる血《ち》に染《そ》まっていきます。ガソリンの匂《にお》いが機内《きない》に充満《じゅうまん》します。黒《くろ》い煙《けむり》が風防《ふうぼう》をかすめていきます。ぼくのからだがガタガタふるえだし、プロペラが止《と》まりました。空気《くうき》をひきさくような唸《うな》り声《ごえ》がぼくのなかからでると、空《そら》と海《うみ》と陸地《りくち》がぐるぐる回《まわ》りはじめました。錐《きり》もみ急降下《きゅうこうか》！　つっぷしていた少尉《しょうい》がむくっと頭《あたま》をもたげて、

「ああ、これまでだ！」

かすれた声《こえ》でさけびました。が、いっしゅん瞳《ひとみ》をさまよわせ、ふっと明《あか》るい顔《かお》になりま

した。

「こんど生《う》まれてきたら、ちゃんと百姓《ひゃくしょう》をしよう。田《た》んぼに水《みず》をひいて、苗《なえ》を植《う》えて…、ああ、稲《いね》の穂《ほ》が実《みの》る」

少尉《しょうい》の首《くび》がガクンガクンとゆれます。夢《ゆめ》を見《み》ているような少尉《しょうい》の瞳《ひとみ》。

「…とうさん、かあさん、かえってきましたよ。おお千春《ちはる》、元気《げんき》だったか。いい顔《かお》をして笑《わら》うじゃないか。戦場《せんじょう》にいる子《こ》はな、みんな悲《かな》しい顔《かお》をしている。…さあ、もう一度《いちど》笑《わら》っ

てくれ…さあ、お兄《にい》さんがおまえを抱《だ》きあげてあげよう」

風防《ふうぼう》の中《なか》に黒煙《こくえん》がたちこめ、少尉《しょうい》が激《はげ》しく咳《せ》きこみました。

「…すまなかったなあ、相棒《あいぼう》くん…きみは」

とぎれとぎれに、ふるえるぼくに話《はな》しかけます。

「二度《にど》と戦闘機《せんとうき》になんて…生《う》まれてくるなよ」

少尉《しょうい》は深《ふか》いため息《いき》をはきました。

「…もういい…もうたくさんだ…こんどは…人《ひと》を殺《ころ》すためになんか生《う》まれてこないようにしような」

首《くび》をかすかにふります。

「…ああ、目《め》が…見《み》えない」

少尉《しょうい》は、落《お》ちていく機体《きたい》に逆《さか》らうように伸《の》び上《あ》がり、空《そら》を仰《あお》ぎました。

「…おお、太陽《たいよう》…」

光《ひかり》を見上《みあ》げて子《こ》どものようにほほえみました。はじめて会《あ》ったときの少尉《しょうい》のなつかしい笑顔《えがお》。笑顔《えがお》はすぐに黒煙《こくえん》にかすみ、血染《ちぞ》めのマフラーがハタハタゆれてほどけました。

「お、ふ、く、ろ…」

操縦桿《そうじゅうかん》をにぎる少尉《しょうい》の指《ゆび》が止《と》まりました。密林《みつりん》がぐんぐんせまる。椰子《やし》の葉《は》が目《め》の前《まえ》いっぱいに広《ひろ》がる。ドドドドドーン、ザザザザザー、バキバキバキバキバキ、風《かぜ》がまきあがり、木々《きぎ》が激《はげ》しくゆれ、四方《しほう》で小鳥《ことり》や獣《けもの》がけたたましく鳴《な》きました。

そして深《ふか》い密林《みつりん》は、ふたたび静《しず》まりました。

6　ぼくの涙《なみだ》

時間《じかん》が過《す》ぎていきました。

いつしかプロペラにつるがからまり、大《おお》きな葉《は》が風防《ふうぼう》をおおい、ぼくは密林《みつりん》のなかに沈《しず》んでいきました。そして、ねむりについたのです。

ぼくは、自分《じぶん》がなにものかわかりました。ようやく六十年《ねん》のねむりから覚《さ》めたのでした。

この日《ひ》からです。夜《よる》になり、遊就館《ゆうしゅうかん》のあかりがおち、あたりが静《しず》まると、少尉《しょうい》の声《こえ》に耳《みみ》をかたむけるようになりました。お母《かあ》さんを呼《よ》んでいる声《こえ》、妹《いもうと》に話《はな》しかけている声《こえ》…ぼくはその声《こえ》をじいっと聞《き》いています。少尉《しょうい》の声《こえ》はなんど聞《き》いても、なつかしく、悲《かな》しく、ぼくのエンジンはぎりぎりとするのです。そうしているうちに、かすかに、かすかに、ほかのところからも…※人間魚雷《にんげんぎょらい》『回天《かいてん》』のまっくろな鉄《てつ》の胴体《どうたい》の中《なか》から。天上《てんじょう》に吊《つ》るされている、おもちゃのような小型《こがた》の※特攻機《とっこうき》『桜花《おうか》』から。赤《あか》く錆《さび》た※鉄兜《てつかぶと》から…ああ、館内《かんない》のあらゆるところから、若者《わかもの》の声《こえ》がわき上《あ》がってくるのです。

ある日《ひ》のことです。半《はん》ズボンをはいて、黄《き》

※人間魚雷《にんげんぎょらい》…人間《にんげん》がはいって、海《うみ》の中《なか》を操縦《そうじゅう》し、敵艦《てきかん》に体当《たいあ》たりして自爆《じばく》する魚形水雷のこと。

※特攻機《とっこうき》…爆弾《ばくだん》をつんで、敵艦《てきかん》に体当《たいあ》たりするように命令《めいれい》された戦闘機《せんとうき》。

※鉄兜《てつかぶと》…弾丸《だんがん》などから頭部《とうぶ》をまもる鉄製《てつせい》の帽子《ぼうし》。

色《いろ》い帽子《ぼうし》をかぶった男の子《おとこのこ》がぼくのところへ走《はし》ってきました。さきほど入館《にゅうかん》するとすぐに、

「うわあ、すごいや！」

と、ぼくのところに来《き》た子《こ》です。

男の子《おとこのこ》はぼくの周《まわ》りをひとまわり回《まわ》って、お父《とう》さんにいいました。

「ぼくも、こんな飛行機《ひこうき》に乗《の》ってみたいな」

そしてぼくの真下《ました》にはいって、背伸《せの》びして、プロペラのすぐうしろにある、※まあるい、すべすべしたところにふれました。

※カウリングという。まあるくエンジンを包《つつ》むところ。

「あれっ、ぬれている。お父《とう》さん、ゼロ戦《せん》が汗《あせ》をかいているよ!」
「汗《あせ》じゃないよ、湿度《しつど》の関係《かんけい》さ、冬《ふゆ》になると家《いえ》の窓《まど》がぬれるだろう、あれといっしょだよ。結露《けつろ》っていうんだ」

遠《とお》くからながめていた妹《いもうと》らしい女《おんな》の子が近《ちか》づいてきました。そして、プロペラの前《まえ》に立《た》つと、まっすぐな眼差《まなざ》しをぼくにむけました。ぼくははっとしました。髪《かみ》をきゅっとつめて、白《しろ》い長《なが》いリボンで結《むす》んでいたからです。

まるで日比少尉《ひびしょうい》の妹《いもうと》のようでした。女《おんな》の子《こ》は一歩二歩《いっぽにほ》近《ちか》づくと、手《て》をのばして人差《ひとさ》し指《ゆび》でプロペラにふれました。それから人差《ひとさ》し指《ゆび》を見《み》つめ、ぼくを見《み》つめ、首《くび》を横《よこ》にふりました。

「汗《あせ》じゃないわ。…この飛行機《ひこうき》は、向《む》こうの部屋《へや》に飾《かざ》ってある写真《しゃしん》のお兄《にい》ちゃんたちを乗《の》せたんでしょ。そして、お兄《にい》ちゃんたちは、みんな死《し》んじゃったんでしょ」

女《おんな》の子《こ》はぼくを見上《みあ》げたまままばたきをし

ました。

「わたしがこの飛行機《ひこうき》だったら泣《な》いちゃう」

その瞬間《しゅんかん》でした。ぼくのからだが音《おと》をたててきしみました。女《おんな》の子《こ》の気持《きも》ちがすっとぼくに入り、一《ひと》つになりました。

「ああっ、ぼくの涙《なみだ》、ぼくは泣《な》いていたんだ」

7　星《ほし》の子《こ》どもたち

ぼくは夢《ゆめ》を見《み》るようになりました。
ぽっかり浮《う》かんでいる白《しろ》い雲《くも》と青《あお》い空《そら》が、、
遊就館《ゆうしゅうかん》のガラスに映《うつ》って見《み》えるとき、ここに
くる子《こ》どもたちに、
「乗《の》ってみるかい？」

「うわあ！」

子《こ》どもたちは胸《むね》をおさえ、口々《くちぐち》に言《い》います。

「ドキドキするよ」

ぼくは轟音《ごうおん》をたてて、空《そら》に舞《ま》います。急上《きゅうじょう》昇《しょう》に急降下《きゅうこうか》、そして宙返《ちゅうがえ》り。子《こ》どもたちは目《め》をみはり、きゃっきゃと笑《わら》います。

「ごらん、空《そら》には境《さかい》なんてないんだ。海《うみ》にもないんだ。山《やま》にも川《かわ》にも。国《くに》の境《さかい》なんて見《み》えやしないだろ」

子《こ》どもたちの瞳《ひとみ》がこっくりうなずきます。

ぼくは、ぐんぐん上昇《じょうしょう》して、雲《くも》の上《うえ》にでます。雲《くも》の上《うえ》は太陽《たいよう》の輝《かがや》きだけでした。

「さあ、きみたちもいっしょに夢《ゆめ》をみよう。もっともっと昇《のぼ》るからね。地球《ちきゅう》がはるかに見《み》えるところまで昇《のぼ》るからね。そのあいだ、目《め》をつぶっていて」

ぼくは六十年間《ねんかん》ためていたエネルギーを爆《ばく》発《はっ》させます。

シュルシュルシュー、風《かぜ》が吹《ふ》きぬけ、風防《ふうぼう》がカタカタ鳴《な》り、このからだが焼《や》けつくほどに昇《のぼ》ります。子《こ》どもたちは、からだをかたくして目《め》をつぶっています。ふうっと、からだが楽《らく》になり、音《おと》のない世界《せかい》に入《はい》りました。

「さあ、目《め》を開《あ》けてごらん」

目《め》を開《あ》けて、みんなは息《いき》をのみました。漆黒《しっこく》の空間《くうかん》、はるかに、青《あお》い地球《ちきゅう》が浮《う》かんでいます。みんなからため息《いき》がもれます。窓《まど》におでこをつけて子《こ》どもたちは身《み》じろぎもしません。

やがて、はしっこにいる男《おとこ》の子《こ》がとなりの

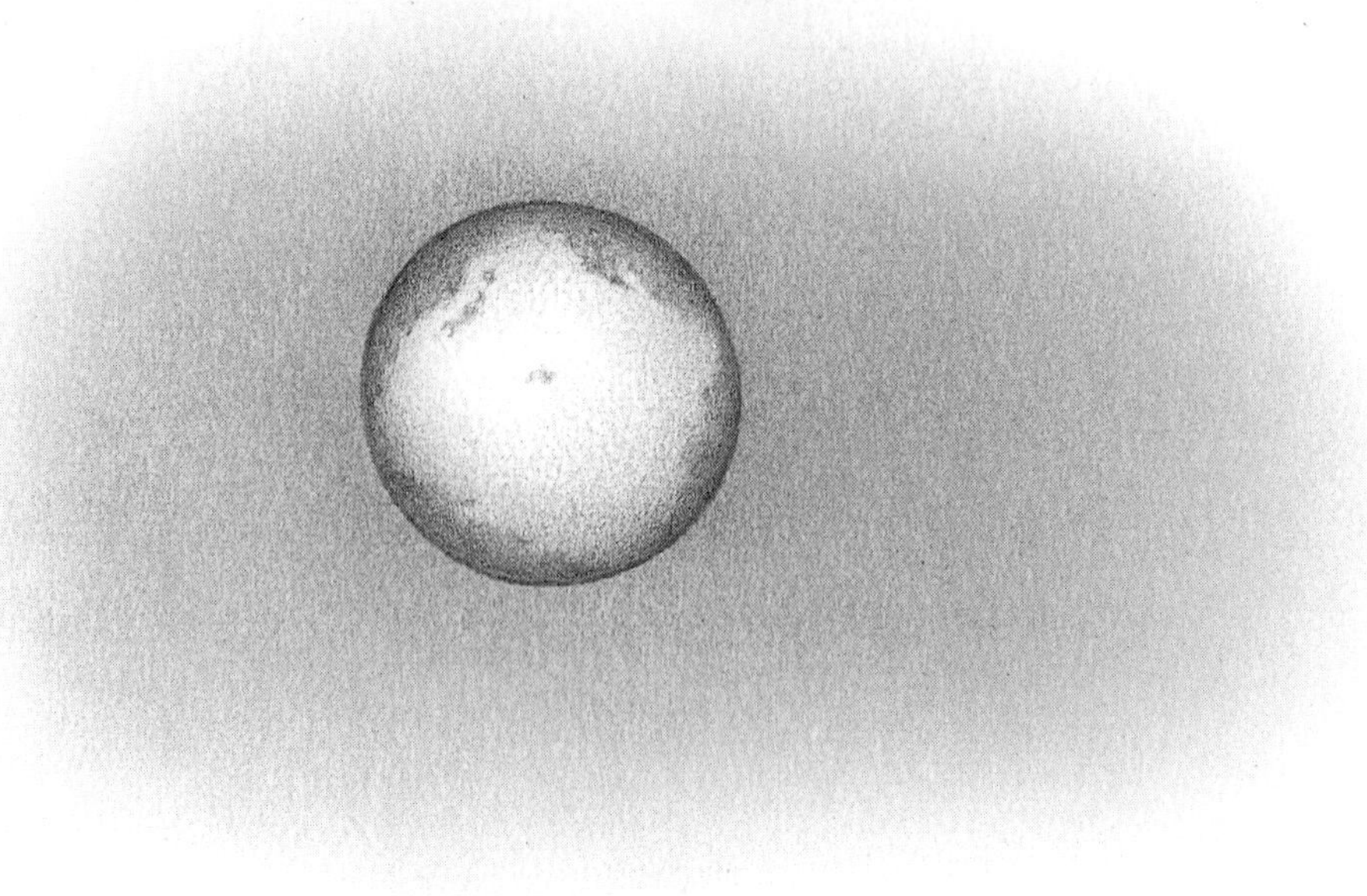

子《こ》に、そっとからだをおしつけました。女《おんな》の子《こ》もからだを寄《よ》せます。男《おとこ》の子《こ》も女《おんな》の子《こ》も、からだをおしつけあいます。みんなで、おしくら饅頭《まんじゅう》のようにかたまって見《み》つめます。みんなの心臓《しんぞう》が一《ひと》つになって、どっきんどっきんひびきます。みんなの胸《むね》の温《あたた》かさがつながっていきます。一人《ひとり》の子《こ》が、となりの子《こ》にささやきました。

「みんないっしょなのに…、ぼく一人《ひとり》ぼっちでいるみたい」

となりの子《こ》が、こっくりうなずきました。

青《あお》い地球《ちきゅう》は、まあるく舟《ふね》のようにうかんでいます。ふわふわと、遠《とお》くへ行《い》ってしまいそう。

子《こ》どもたちがはじかれたようにさけびはじめ、地球《ちきゅう》に向《む》かって手《て》をさしのべました。

「地球《ちきゅう》にもどりたぁーい！」

ぼくは静《しず》かに機首《きしゅ》の向《む》きを変《か》えて、地球《ちきゅう》に向《む》かいます。最後《さいご》の瞬間《しゅんかん》、空《そら》を仰《あお》いだ少尉《しょうい》の言葉《ことば》を胸《むね》に秘《ひ》めて。

「…なぜ戦《たたか》う！　なぜ殺《ころ》す！…みんな地球《ちきゅう》の子《こ》じゃないか。みんな同《おな》じにこの星《ほし》から命《いのち》をもらっているのに。…ああ、一日《いちにち》、一日《いちにち》を生《い》きたい。…この太陽《たいよう》のしたで」

遊就館《ゆうしゅうかん》のガラス戸《ど》に夕焼《ゆうや》けが映《うつ》っていました。ぼくは夢《ゆめ》から覚《さ》めて紅《あか》い空《そら》を見上《みあ》げます。日比少尉《ひびしょうい》の笑顔《えがお》がうかんで見《み》えます。

さあっと緑《みどり》の風《かぜ》がふきぬけていきました。

お兄《にい》ちゃん、帰《かえ》ってきて！
もう一度《いちど》わたしをだきあげて。
高《たか》く高《たか》く！

戦争《せんそう》によって、若《わか》い人《ひと》の未来《みらい》は断《た》たれました。
三百十万人《さんびゃくじゅうまんにん》の日本《にほん》の人々《ひとびと》が死《し》にました。
二千万人《にせんまんにん》のアジアの人々《ひとびと》が犠牲《ぎせい》になり死《し》にました。
この戦争《せんそう》で五千万人《ごせんまんにん》を超《こ》える地球《ちきゅう》の人々《ひとびと》が生命《いのち》を
落《お》としたのです。

あとがき

ポーランド映画《えいが》『地下水道《ちかすいどう》』の監督《かんとく》アンジェイ・ワイダの言葉《ことば》です。
「私《わたし》たちは戦争《せんそう》で亡《な》くなった人《ひと》の声《こえ》に耳《みみ》を傾《かたむ》け、その人《ひと》の真実《しんじつ》の声《こえ》を伝《つた》えなければいけない。人間《にんげん》をとりもどすために」

昨年五月《さくねんごがつ》、はじめて靖国神社《やすくにじんじゃ》の遊就館《ゆうしゅうかん》に入《はい》りました。展示品《てんじひん》やビデオを見《み》て歩《ある》くうち、思《おも》いを残《のこ》して死《し》んでいかなければならない若者《わかもの》の気持《きも》ちが、ひしひしと伝《つた》わってきました。

白《しろ》とピンクにぬられた、まるで玩具《おもちゃ》のような小《ちい》さな特攻機《とっこうき》「桜花《おうか》」の展示場《てんじば》所《しょ》では、生《い》き残《のこ》り隊員《たいいん》の「特攻《とっこう》に出撃《しゅつげき》するに際《さい》し、臆《おく》するものは誰《だれ》もなく、御《お》国《くに》のため、天皇陛下《てんのうへいか》のため、皆《みな》、喜《よろこ》んで死《し》んでいった」といった、演説《えんぜつ》が流《なが》され続《つづ》けていましたが、保坂正康《ほさかまさやす》氏《し》の取材《しゅざい》によれば、「桜花《おうか》」の整備兵《せいびへい》であった元学徒兵《もとがくとへい》の証言《しょうげん》は「特攻隊員《とっこうたいいん》は死《し》にたくて死《し》んだのではありません。現《げん》に出撃《しゅつげき》の時《とき》に失神《しっしん》したり、茫然自失《ぼうぜんじしつ》になって操縦席《そうじゅうせき》に乗《の》れなかった者《もの》もいるのです。それをわたしたちは何人《なんにん》かで抱《かか》えて操縦席《そうじゅうせき》に乗《の》せたのです」というものでした。

今《いま》から百年《ひゃくねん》ほど前《まえ》、インドのガンジーはロシアの作家《さっか》トルストイの『神《かみ》の国《くに》

は汝《なんじ》らのうちにあり』を読《よ》んで、深《ふか》く感動《かんどう》し、絶対非暴力《ぜったいひぼうりょく》、不服従《ふふくじゅう》の独立運動《どくりつうんどう》を始《はじ》めました。ガンジーの影響《えいきょう》を受《う》けて、アメリカのキング牧師《ぼくし》は同《おな》じように非暴力《ひぼうりょく》、不服従《ふふくじゅう》の公民権運動《こうみんけんうんどう》を始《はじ》めました。そして、今《いま》、キング牧師《ぼくし》に影響《えいきょう》され、オバマが（はたして精神《せいしん》を受《う》け継《つ》ぐことができるでしょうか）。トルストイ、ガンジー、キングの中《なか》を流《なが》れる思想《しそう》は古今《ここん》を通《つう》じて地下水脈《ちかすいみゃく》のごとく脈々《みゃくみゃく》と流《なが》れてきています。

トルストイに心酔《しんすい》し、太平洋戦争《たいへいようせんそう》の折《おり》、「人《ひと》を殺《ころ》すくらいなら殺《ころ》されることをえらぶ」と徴兵《ちょうへい》を拒否《きょひ》した北御門二郎氏《きたみかどじろうし》は、以前《いぜん》ＮＨＫ「心《こころ》の時代《じだい》」の対談《たいだん》で、東京外大《とうきょうがいだい》の亀山郁夫氏《かめやまいくおし》の「なぜ人《ひと》は人《ひと》を殺《ころ》してはいけないのですか？」との問《と》いに、「いけないからいけないのです。真実《しんじつ》には理由《りゆう》はないのです。そのことは、ちゃんとそれぞれの人《ひと》の胸《むね》の奥《おく》に書《か》いてあるのです」と答《こた》えていました。

「永久《えいきゅう》に戦争《せんそう》はしない」と謳《うた》う憲法九条《けんぽうきゅうじょう》もまさに胸《むね》の奥《おく》に書《か》いてある真実《しんじつ》が記《しる》されたものです。それはまた、「もう戦争《せんそう》はいやだ」と思《おも》いつつ無念《むねん》の死《し》をとげた多《おお》くの人《ひと》の祈《いの》りの結晶《けっしょう》です。

真《ま》っ暗《くら》な宇宙《うちゅう》に浮《う》かぶ、青《あお》く輝《かがや》く地球《ちきゅう》を見《み》つめる瞳《ひとみ》。そのような眼《め》をもつ新《あたら》しい世代《せだい》の若《わか》い人《ひと》たちが、もうすでに、一歩《いっぽ》も二歩《にほ》も歩《あゆ》みをはじめているのを嬉《うれ》しく思《おも》います。

ぶな葉一

作・ぶな葉一（ぶな・よういち）（本名　石田昭義）

安曇野に生まれる。

北御門二郎氏と出会い、地の塩書房を設立。トルストイの作品『イワンの馬鹿』『文読む月日』などを広めることを始めて今日にいたる。

著書に『山のみち』『まぶしい涙』（ともに銀の鈴社刊）。

［北御門氏は太平洋戦争中、徴兵を拒否。その後農業のかたわらトルストイの翻訳を続けた。］

絵・関口コオ

群馬県安中市生まれ。グラフィック・デザイン活動を経てきり絵画家に。

劇団前進座「心中天網糸」の宣伝物により脚光を浴びて以来、国内縦断展をはじめ、フランス、アメリカ、ドイツ等海外9ヶ国で個展などにより作品を発表、その独自な世界は国際的にも注目され、サロン・ド・パリ展大賞、パリ国際サロン・ユニベールデザール賞、同・ザッキ（ル・サロン名誉会長）賞等受賞。

1996年、パラオ共和国独立二周年記念切手二種がパラオ政府より発行されている。

新潟県湯沢町に関口コオきり絵美術館があり、2005年、文部科学大臣表彰を受ける。

現在、日本児童出版美術家連盟会員。

NDC913
ぶな葉一　作
神奈川　銀の鈴社　2009
68P　21cm（泣いたゼロ戦）

定価＝一、二〇〇円＋税

鈴の音童話
泣《な》いたゼロ戦《せん》

二〇〇九年一〇月一日　初版
著　者——ぶな葉一©　関口コオ絵©
発　行——㈱銀の鈴社　http://www.ginsuzu.com
発行人——柴崎聡　西野真由美
〒248-0005　神奈川県鎌倉市雪ノ下三-八-三三
電　話　0467(61)1930
FAX　0467(61)1931
〈落丁・乱丁本はおとりかえいたします。〉

ISBN978-4-87786-726-3 C8093

印刷・電算印刷　製本・渋谷文泉閣